Riesling & Zwerglinde

Eine Bilderbuchgeschichte
von Joachim Walther
illustriert von Karl-Heinz Appelmann
Der Kinderbuchverlag Berlin

Eines Tages wurde ein Zwergenmädchen geboren.
Es war so groß, daß es in keine Zwergenwiege paßte.
»Wawawas ist das?« stotterte Zwergenvater Klimperklein. »Das ist ja ein Elefantenbaby!«
»Ein bißchen groß, das geb ich zu«, flüsterte Zirpezier, die Zwergenmutter.
Am gleichen Tag kam bei den Riesen ein Junge zur Welt.
So klitzeklein, daß er in den Riesenwindeln fast verschwand.
»Wie das?« brüllte Riesenvater Baumlang. »Das mir? So einen Pritzelknirps?«
»Na und? An mir lag's nicht!« rief Donnerbusen, die Riesenmutter.
Als der Junge zwei Monate alt war und immer noch viel kleiner als sonst die Riesenkinder, sagte der Oberriese Lulatsch: »Weil er so ein Winzling ist, nennen wir ihn Riesling. Gut füttern! Da wird es schon noch werden!«
Doch Riesling wollte und wollte nicht wachsen.
Jedenfalls nicht so, wie das bei Riesen normalerweise üblich ist.
»Ich hab's!« schrie Bullenbeißer, der kampflustigste der Riesen. »Auch daran sind die Zwick, die Zwack, die Zwerge schuld!«

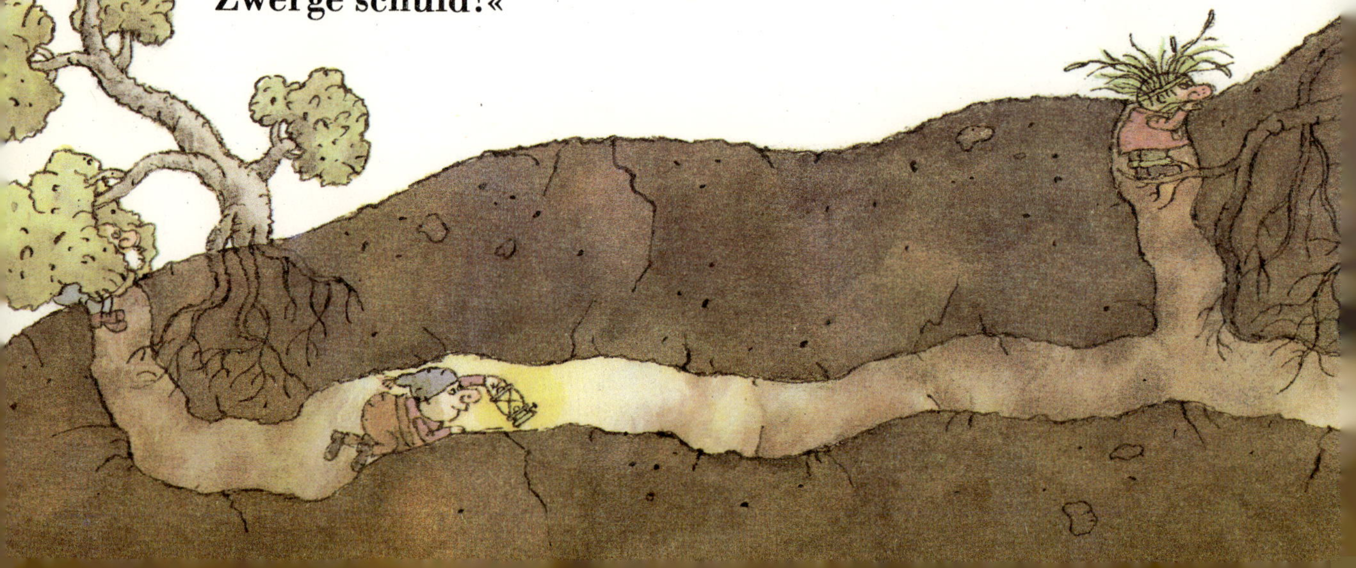

Und das Mädchen? Als es ein Jahr alt war und schon viel größer als sonst die Zwergenkinder, sagte Zwickelzwack, der Chefzwerg: »Oje, oje, o jemine! Groß wie ein Lindenbäumchen. Deshalb soll sie Zwerglinde heißen. Oft waschen! Vielleicht läuft sie noch ein bißchen ein.«

Doch Zwerglinde wuchs und wuchs.

»Ganz klar!« schrie der streitsüchtige Dreikäsehoch. »Auch daran sind die Rind, die Vieh, die Riesen schuld!«

Und was mußte Zwerglinde erleben? Eltern, Tanten und Onkel schlichen sich in der Nacht davon. Sie zwickten die schlafenden Riesen in die Nasen, bis die niesen mußten. Dann kletterten sie in deren Ohren und riefen dort, so laut sie konnten:

»Im Namen aller Bergzwerge:
Wir wollen unsere Zwergberge!«

Riesling erwachte von dem nächtlichen Riesenniesen. Seine Eltern, Tanten und Onkel versuchten die kleinen Schreihälse zu fangen. Erwischten sie einen, holten sie tief, tief Luft, pusteten ihn davon und brüllten ihm nach:

»Und wenn wir auch Radieschen niesen:
Den Namen der Berge bestimmen wir Riesen!«

So ging der Streit hin und her. Und wurde von Jahr zu Jahr schlimmer. Die Zwerge bohrten emsig Löcher in die Berge, und die schweren Riesen brachen darin ein. Wütend rupften sie Bäume aus der Erde. Sie wollten unter den Wurzeln die Zwerge fassen.
Das hatte natürlich Folgen. Nämlich böse. Es gab immer weniger Bäume. Aber die brauchten beide zum Leben: die Riesen die Blätter zum Essen, die Zwerge die Wurzeln zum Wohnen.

Riesling und Zwerglinde gingen bald schon zur Schule.
Er lernte dort vor allem zwei Dinge:

1. Die Riesen haben recht, die Zwerge sind an allem schuld.
2. Bäumeausrupfen.

Und auch sie lernte hauptsächlich zweierlei:

1. Die Zwerge haben recht, die Riesen sind an allem schuld.
2. Löcherbohren.

Das erste mußten sie vormittags auswendig lernen,
das zweite nachmittags immerzu üben.

Und der Kampf zwischen Riesen und Zwergen tobte und wogte. Doch einen Sieger gab es nicht.
»Verflixt und zugenäht!« rief Zwickelzwack. »Zwerglinde ist die Größte von uns. Sie soll riesengroße Löcher bohren und gut tarnen. Fallgruben! So fangen wir die Riesen!«
Zwerglinde aber lag lieber unter einer Buche und bohrte in der Nase. Irgendwo bohren, das mußte sie. Und wenn sie ferne einen Riesen sah, fand sie den tapsig und überhaupt nicht fürchterlich.
»Kreuzschockschwerenot!« brüllte Lulatsch. »Riesling ist der Kleinste von uns. Er soll, gut versteckt, unser Späher sein. Gewußt wie, gewußt wo: So erwischen wir die Zwerge!«
Aber Riesling saß lieber im grünen Gras und rupfte Blumen aus, denn irgendwas rupfen mußte er. Und wenn einmal ein Zwerg auftauchte, fand er den sehr ulkig.

So vergingen die Jahre. Doch eines schönen Tages standen sich Riesling und Zwerglinde auf einer Wiese gegenüber. Ganz plötzlich. Sie erschraken beide sehr.
»Wer oder was? Was bist du?« fragte sie zitternd.
»Ein Rie, ein Ju, ein Riesenjunge«, antwortete er verwirrt. »Und du?«
»Na, Zwerglinde!« sagte sie. »Das größte Zwergenmädchen weit und breit.«
»Und ich«, sagte er, »bin der kleinste Riese der Welt.«
»Hübsch klein«, sagte sie errötend.
»Und du, und du«, stotterte er, »und du sehr schön gewachsen.«
»Mal sehen, wer von uns beiden größer ist!« riefen sie gleichzeitig und stellten sich mit den Rücken aneinander. Und siehe da, sie waren gleich groß, etwa so wie wir Menschen. Dann setzten sie sich zwischen Glockenblumen und Königskerzen und erzählten.
»Immer Streit«, sagte das Mädchen. »Muß das so sein?«
»Ich weiß auch nicht«, sagte er. »Meine Eltern sagen: ja.«
»Meine auch«, sagte sie und seufzte.
»Immer dasselbe.« Riesling rupfte eine Blume aus.
»Den ganzen Tag spähen. Langweilig.«
»Stinklangweilig. Immerzu bohren.« Zwerglinde nahm den Finger aus der Nase und sprang auf. »Weißt du was? Wir gehen fort! Und probieren, ob WIR uns vertragen.« Sie reichte ihm die Hand, zog ihn hoch, und sie liefen los. Wohin, fragt ihr? Ganz einfach, immer der Nase nach.

Am Abend wurden sie vermißt, und es gab einen gewaltigen Tumult im Riesengebirge. »Diebe, Entführer!« riefen Riesen und Zwerge. »Das sollt ihr bitter büßen!« Und der Ruf rollte drohend durch die Berge.
Riesling und Zwerglinde hörten das Gedonner und Getöse in der Ferne.
»Hickhack und Schnickschnack!« rief sie und küßte ihn aufs Ohr.
»Heckmeck und Menkenke!« rief er und lachte.

Sie hatten überhaupt viel Spaß miteinander. Zwerglinde war lustig, geschickt und fleißig. Riesling gutmütig, stark und verläßlich. Das ergänzte sich sehr gut, und so kamen sie hervorragend miteinander aus. Das heißt, anfangs. Eine ganze Weile jedenfalls. Sie gaben sich fürchterliche Mühe, jeden Streit zu vermeiden. Das aber ist, wie jeder weiß, gar nicht so einfach.

Eines Tages saßen sie inmitten blauer Beeren.

»Laß dir die Blaubeeren schmecken, lieber Riesling«, sagte sie.

»Danke gleichfalls, liebe Zwerglinde«, sagte er. »Aber das sind keine Blaubeeren, sondern Heidelbeeren.«

»Die Beeren sind blau. Oder nicht?« rief sie.

»Also Blaubeeren!«

»Sie wachsen auf der Heide!« rief er.

»Also Heidelbeeren!«

»Trotzdem: Blaubeeren!«

»Nein: Heidelbeeren!«

»Blumenausrupfer!«

»Popelemma!«

Schon war der schönste Streit im Gange. Und als der laut und lauter wurde, hörten sie über sich eine ärgerliche Stimme: »Huhu, wer stört da meine Ruh?«

»Nanu, wer hat da was zu melden?« fragte Zwerglinde.

»Nachts Augen auf, am Tage zu: ich, der kluge Walduhu! Nehmt eure Gabeln und eßt endlich diese Wabeln!«
»Was denn für Wabeln, du komischer Vogel, du?« fragte Riesling.
»Uhu, wie uhungebüldet!« näselte es von oben herab. »Ihr könnt auch Worbeln dazu sagen. Oder beispielsweise Heidelbeeren...«
»Da hast du's!« Riesling hüpfte in die Höhe.
»Oder Blaubeeren...«
»Sag ich ja!« Zwerglinde klatschte in die Hände.
»Oder Schwarzbeeren. Bickbeeren. Taubeeren. Moosbeeren. Uhaaa!«
Der Uhu gähnte zwischendurch ausgiebig. »Grambeeren. Staudelbeeren. Margaretenbeeren. Schwarzäugelbeeren. Jakobsbeeren...«
»So viele Namen?« wunderte sich Zwerglinde. »Und es bleiben stets die gleichen Beeren?«
»Blaugefärbt und kugelruhund, saftgefüllt und kerngesuhund«, tönte es schläfrig.
»Also sagt jeder, wie er's von zu Hause kennt?« fragte Riesling. »Richtig?«
»Goldrichtig! Na, endlich! Begriffen...!« stöhnte der Uhu und gähnte wieder. »Und nun – guten Tag. Oder besser – gute Nacht.«

Bei diesen Worten schloß er seine buschigen Augenlider und nickte ein. Die beiden aber aßen ihre Beeren. Stumm, ohne einander anzusehen. Nach einer Weile sagte sie: »Entschuldige, ich war sehr dumm.«
»Wir beide«, sagte er. »Und ich weiß jetzt, nicht nur wir.«
Sie sahen sich an, und dann gab sie ihm einen Kuß. Und zwar mitten auf den Mund. Er leckte sich die Lippen und küßte sie wieder. So ging das eine Zeit, sie küßte ihn, er küßte sie. Da ihnen davon seltsam schwindlig wurde, legten sie sich aufs Moos und küßten sich dort weiter. Wie oft? Wie lange? Ich hab nicht zugeschaut. Doch oft und lange war's. Sehr lange und sehr oft.
Aha. Die beiden waren also verliebt. So sehr, daß sie für immer zusammenbleiben wollten. Am liebsten natürlich zu Hause, im Riesengebirge.

»Vorwärts«, riefen sie wie aus einem Mund, »wir gehen zurück!«
Nach ein paar Wochen Wandern hörten sie den Radau und Rabatz in ihren Bergen. Kaum waren sie gesichtet, ließen die Zwerge das Löcherbohren und die Riesen das Baumausrupfen sein.
»Riesling, hierher!« riefen Baumlang und Donnerbusen.
»Zwerglinde, zu uns!« riefen Zirpezier und Klimperklein.
»Nein!« sagten die jedoch und hielten sich fest an den Händen. »Wir bleiben zusammen, für immer!«
»Unmöglich!« dröhnte Lulatsch. »Das gab's noch nie!«
»Dazu noch ohne Hochzeit!« rief Zwickelzwack. »Ausgeschlossen!«
»Wenn es euch beruhigt, heiraten wir eben«, schlug Zwerglinde vor, und Riesling ergänzte listig: »Eine schöne Feier mit viel Essen und Trinken, mit Tafeln und Schwafeln.«
»Essen und Trinken, hoho!« jubelten die Riesen.
»Tafeln und Schwafeln, juhu!« jauchzten die Zwerge.
»Na gut, na schön.« Lulatsch und Zwickelzwack ließen sich überreden. »Aber nach dem Feiern wird weitergekämpft, verstanden?«

Und also richteten Riesen und Zwerge auf dem höchsten Berg eine wunderschöne Hochzeitstafel. Es gab Rostbratwurst in Blätterteig, Waldmeisterbrause und Baumkuchen. Links saßen die Riesen, rechts die Zwerge, in der Mitte aber Riesling und Zwerglinde. Sie küßten und kosten, schmeichelten und streichelten, leckten und schleckten und erzählten, was sie erlebt hatten. Da staunten die Riesen und Zwerge nicht schlecht. Doch wenn ihr denkt, sie hätten sofort das Sticheln und Stänkern, das Veräppeln und Verhohnepipeln, das Necken und Zecken gelassen, dann habt ihr euch geirrt. Dreikäsehoch kroch unter die Tafel und zwickte Bullenbeißer in den großen Zeh. »O Verzeihung, verehrter Herr Riese«, flötete er, »ich nahm an, es sei eine Rostbratwurst in Blätterteig.« Bullenbeißer setzte Dreikäsehoch neben seinen Teller und pustete ihn vom Tisch. »Ach, entschuldigen Sie vielmals, teurer Zwergenfreund«, rief er ihm hinterher, »ich dachte, Sie wären ein Baumkuchenkrümel.« Na ja, manche können es eben nie lassen. Sonst aber, soweit ich's übersehen konnte, ruhte der Ärger.

Mitten in der schönsten Feier, kurz vor Mitternacht, kam jedoch Wind auf. Der Wind wurde in Windeseile zum Sturm. Der Sturm in Sturmesschnelle zum Orkan. Es jaulte und johlte. Klatschte, knirschte und krachte. Barst und brach. Erst warf es die schöne Tafel um. Und dann – den ganzen Wald!

Am Morgen sahen Riesen und Zwerge die Bescherung: Kein einziger Baum stand, alles geknickt, entwurzelt, die Berge kahl. Was nun? Was tun? Wo leben ohne die schönen Wurzelhöhlen? Was essen, wenn es keine grünen Blätter mehr gab? Zwickelzwack kratzte seine Glatze, Lulatsch seinen Bauch. Vergeblich. Eine Idee kam ihnen nicht. Wer aber hatte eine? Ganz recht: Riesling und Zwerglinde.

»Wir Riesen«, sagte er, »stapeln Stämme!«

»Wir Zwerge«, sagte sie, »sammeln Samen!«

»Und wir alle gemeinsam«, sagten beide, »pflanzen einen neuen Wald. Bei los geht's los. Auf die Arbeitsplätze. Fertig. Los!«

Und wirklich, da niemand etwas Gescheiteres einfallen konnte, gingen alle ans Werk. Nun war keine Zeit mehr zum Zwicken und Pusten, Bohren und Rupfen, alle hatten zu tun mit Hegen und Pflegen, Schuften und Scharwerken. Außerdem dachten sie sich ein Lied aus, das hörte sich schön an, das hörte sich so an:

Ob Zwerg oder Riese, ob hü oder hott,
Das hirnlose Kämpfen haut alles kapott.
Der Name der Berge ist völlig schnurzpiepe.
Es leben die Riesen, die Zwerge, die Liebe!

Seitdem hat der Riesengebirgsriesenärger ein Ende. Und die Geschichte damit auch.
Oder doch nicht? Geht die ganze Geschichte vielleicht noch mal von vorne los, wenn der Wald erst wieder steht? Was meint ihr? Werden die Riesen und Zwerge wieder zwicken und pusten und bohren und rupfen und kabbeln und kämpfen? Da gäb es ja niemals ein Ende! Nein, nein, so dämlich werden sie nicht sein. Ich hoffe es, und ihr gewiß mit mir. Und damit, aber nun wirklich und wahrhaftig, ist unsere Geschichte zu